# めぐるものたちに

北原悠子詩集

めぐるものたちに　もくじ

もくじ

一章

朝　8
早春　9
四月　10
夜中の台所で　11
六月　12
また別の朝　13
秋夜　14
追憶　15
秋　16
何処《どこ》へ　17

ふたり　18
雪のひとひら　19
鸚哥《インコ》　20
冬の日　21
白日　22
かくれんぼ　23
古時計　24
やくそく　25

二章

かなしみ　28
帰り道　29
春のある日　30

あこがれ　32
カタツムリ　34
逢魔《おうま》が時　36
鐘　38
祈り　40
胡桃が三個机の上に　42
小さなものがたり　44
鳥の歌　46
夏のはじめ　48
できごと　50
予感　52
思い出　54
贈りもの　56

めぐるものたちに　58

三章

世界は　62
川　66
標本　68
序曲　70
鹿　74
帰郷　78
夜の向こうへ　80
手紙　84
星の旅人　88

絵　平垣内　清

# 一章

# 朝

太初《たいしょ》の光のなかに
まっ白い私がいる

# 早春

旅立ちの朝
遠く雷鳴を聴きながら
靴のひもを結ぶ

# 四月

秘密を知り過ぎた
コートを
桜の闇に葬る

# 夜中の台所で

ボールの中の
蛤《はまぐり》が
かすかに開けた
口のすき間から
こちらを
窺《うかが》っている

# 六月

雨に打たれて
沈黙するほどに
薔薇《ばら》は香る

# また別の朝

夜来の雨に濡れた
落花を踏んで
人に会いにゆく

# 秋夜

夜更けに
井戸の月を呑《の》む

# 追憶

十五夜に
手を引かれ
まっすぐな一本道を
歩いていく

# 秋

月が
夢の奥までも照らして
今宵
私は眠れない

# 何処《どこ》へ

秋に見送られて
向こう岸に
渡っていく舟がいる

# ふたり

旅の終わりに
ふたりで
一つの月を見る

# 雪のひとひら

すぐに消えてしまうことを
知りながら
遠く
私の手の中に降りてきたのか——

# 鸚哥《インコ》

雪の夜——
孵《かえ》ることのない
卵を抱いている
鸚哥《インコ》の背中が
青い

# 冬の日

悲しみを
溶かしたような
曇り空を背負って
鉄塔が
立っている

# 白日

半分
欠けた月が
真昼の
ビルの中空で
私を見ている

# かくれんぼ

澄んだ空の下——
私がかくれる場所は
どこにもない

# 古時計

いつのころからか
自分だけの時間を
生きている

# やくそく

夕暮れが
私をむかえにくるので
少しだけ扉を開けて
待っています

# 二章

# かなしみ

しずかな山に向かって
しずかに立つ

かなしみが
光に変わる

# 帰り道

――すべて終わったこと
とでも言いたげに
道端の花が
風に揺れている

# 春のある日

春のある日――

小鳥たちが
庭で
光のかけらを
ついばんでいる

そこが
神さまの
てのひらとも
知らずに

# あこがれ

雲は
雲でいられるだけでうれしい
誰よりも
空の近くにいられるから

雲は
雲でいるだけでかなしい
どこまでいっても
空になれないから

# カタツムリ

生まれたときから
さびしい殻《から》を
かぶっている

でも
殻を脱いだら
もっとさびしくなってしまう

# 逢魔《おうま》が時

摘みとったとたん
いらなくなった花と
それを
捨てられない私と

その間に
夕闇が
しのびこむ

# 鐘

静かな秋の朝
どこかで
鐘が鳴っている

耳を澄ますと
鐘の音《おと》は　いつか
私の胸の奥から
聞こえてくる

# 祈り

天に近い
頂きで
星を宿す湖のように
我が瞳よ
静かに澄め

そうして
美しきものたちの
住処《すみか》となれ

胡桃《くるみ》が三個
机の上に

手をふれたら
この
しずかな均衡が
こわれてしまいそうで

隣りに
そっと
自分をおいてみる

# 小さなものがたり

枝先の小鳥と
目と目が合って
少しの間
私たちは
黙って見つめあった

やがて
小鳥は飛び立っていった
風さえも気がつかない
小さなものがたりを
残して――

# 鳥の歌

真夜中の
森で
鳥が啼いている

(何が
うれしくて
何が
かなしくて)

啼かずには
いられないおまえと
聴かずには
いられない私と

しるべのない
白い闇と――

# 夏のはじめ

百年もしたら
あの若いカップルも
乳母車の母子《ははこ》も
そして
コーヒーショップの窓越しに
通りを見ている私も
もうここにはいない

（別々の港を出た船も
最後はみな
同じ港に辿り着く）

夏のはじめの街は
まぶしいほどに
光が溢れ
影だけが濃い

# できごと

茂みから
茂みへ
光を振りきって
蛇が走っていく

一瞬
時間が止まって

もどってきた風景に
影はない

八月だけが
小さな
夏のできごとを
覚えている

# 予感

木々が
目覚めるには
少し間がある
明け方――

霧の奥で
山鳩が
啼いている

知らせは
いつだって
遠いところから
やってくる

ひとり
聞こうとするものに

# 思い出

いつでも
あの日の私に
もどりたいから
そうして
そこから
始めたいから

その人のことは
一個の
美しい星のように
遠いままにしておく

大きな環《わ》の中で
ふたたびめぐり会う
その時まで——

# 贈りもの

夕焼けは
毎日三個ずつ
夕焼け色の卵を産みます
一つは
生まれてきた赤ん坊の手のひらに

一つは
死にゆく老人の枕辺に
最後の一つは
空を見ることを忘れた
あなたの胸に——

# めぐるものたちに

それは
星だったか灯りだったか
思い出せないけれど
とてもあたたかいもの

それは
せせらぎだったか子守唄だったか
思い出せないけれど
どこかなつかしいもの

それは
風の音だったかすすり泣きだったか
思い出せないけれど
なぜかかなしいもの

思い出せないけれど
たしかにあったものたちを
私は
ときどき思い出す

# 三章

# 世界は

横たわって
目覚めている
雲

静止したまま
飛んでいく
鳥

「水平」につかまって
垂直に立っている
木

大きな空を
抱いた
一しずくの露

水の中で
渇いている
魚

私は
目を閉じて
それを
見ている

SIGH

# 川

一瞬も
とどまることなく
流れていく川

私が見ている川は
いつも
はじめての川だ

川は
海へとそそぎこみ
やがて　空へと帰っていく

そうして　いつか
この地に
もどってきたとしても

今日の川と
今日の私が
見《まみ》えることはない

# 標本

飛ぶことも
夢みることも
奪われ
灰いろの壁に
磔《はりつけ》にされた

蝶　蝶　蝶　蝶　蝶
蝶　蝶　蝶　蝶　蝶
蝶　蝶　蝶　蝶　蝶
蝶　蝶　蝶　蝶　蝶

けれども
美しい翅《はね》に刻まれた
青い空の記憶だけは
永遠に
おまえたちのものだ

# 序曲

男たちは
黒い森へと続く
その橋を
ほんの遠出のつもりで
渡っていった

そして　それっきり
帰ってこなかった

（すべては
始めから
しつらえられていた）

川のこちら側には
女たちが残され
固く閉ざされた窓は
何も語ろうとしない

（今思えば
あの日
空は美し過ぎた）

名づけた者と
名づけられた者とがいて――

今宵　星は
かすかに
風にふるえている

TIME

# 鹿

その時
立ち止まり
ふり向きさえしなければ
運命は
変わっていたのだろうか

おまえの命を
奪ったのは
一発の弾丸ではなく
ホーッという
異界からの
呼び止める声だった

百年が過ぎ
荒れ果てた山里に
獣の姿はない
矢声が響くこともない

おまえの最後のまなざしだけが

今も
この地に
棲《す》みついて
静かに
空《くう》を見つめている

「鹿を撃った狩人はみんなそう言った。鹿はいかにまっしぐらに遁《に》げてゆく時でも、矢頃《やごろ》を測って、ホーッと一声矢声《やごえ》をかけると、ふっと肢《あし》を緩めて声の方を振り返ると、そこの呼吸で引き金を引いたそうである。」

民俗学者・早坂孝太郎著
「猪・鹿・狸」より

# 帰郷

山も川も
私を
おぼえていてくれた

海へと続く
小道も
村はずれの
大きな楡《にれ》の木も――

丘の上に立つと
風が　私を
遠い日へと
連れていってくれる

——おかえり
　よく帰ってきたね

なつかしい声がして
私は
みんな忘れた

# 夜の向こうへ

歩き続けた
道の先に
明るい野原が待っていた

私は　そこで
うつろいゆく空を
見つめながら

風と
二人きりで話した
　（水の中の魚は
　もう水を求めることをしない）

最後の胸の痛みは
いつか消え
夕べの
すきとおった時間の懐で
やすらいでいる
過ぎた日々――

（一片の雲を
　うたうためだけの
　一生があってもいい）

熟して木から離れる
果実のように
今日という日も
やがて　自ら
落ちていくだろう

やさしく
抱きとめてくれる

無限の
夜の腕の中へ——

# 手紙

そうなのです
あなたは
はじめから
私のなかにいました

そして
砂をさらっては去っていく

波のように
少しずつ
私の時間を
奪っていきました

私に
どんなに嫌われても
拒《こば》まれても
あなたは　片時も
私から
離れることはありませんでした

でも　そろそろ

あなたを
明るいテーブルに招いて
語り合う時が
きたようです

あなたこそが
私の最良の導き手であり
友であることが
今の私ならわかるからです

私は
できれば　もっと
あなたと

仲よくなりたいのです

そうして
いつの日か
風よりも軽くなって
あなたのもとに
旅立っていきたいのです

# 星の旅人

ひとり
月夜の窓辺にいるとき
どこからともなく
聞こえてくる声がある

（おまえは誰？
おまえはどこから来て
どこへ行くのか？）

私たちは
思い出すために
この星にやってきて
ほんの少しの間
留《とど》まることを許された旅人
古代からの
時間の河を漂う
一まいの木の葉——

名まえも　時計も
地図も捨てたある日
私は思い出す
私には
はじめから
翼が与えられていたことを
かつて　私は
宇宙の果てまでも
飛んでいったことを――

（私は誰でもない
どこにもいない
なのに

どこにでもいる）

私は鳥
私は木
私は雲
私は風
そしてすべて――

# あとがき

早春の晴れた朝。白鳥が五羽、六羽、鳴き交わしながら頭上の空を飛んでいきます。近くの沼をねぐらにしている一群が、田んぼに行くのでしょう。あの鳥たちも、もうすぐ北へと帰っていきます。はるか昔からくり返されてきた約束ごとです。

鳥も人間も、生命《いのち》あるものはみな、一つの大きなはからいのもとで生かされています。私たちは、生まれる前からすでに運命づけられた存在なのかもしれません。そのことに気がついてから、私は、花のことは花に語らせるのがいい——そう思うようになりました。

心を無にして耳を澄ますと、一まいの花びらからも、億年の物語を秘めたメッセージを受けとることができます。そこには、無垢の高揚感があります。賜りものとしての詩の始まりです。

私は、今ここにいて、世界の果ての知らない誰か、そして遠く去っていった者たちともつながっているのを感じています。ただめぐるものとして——。

二〇二四年 三月

北原 悠子

## 〈著者紹介〉

**北原　悠子**（きたはら　ゆうこ）

1951年宮城県生まれ。1980年から詩作活動を始める。1996年第8回日本児童文芸家協会創作コンクール入選。詩、エッセーを中心に物語などを書く。詩の朗読イベントのほか講演、詩書展、絵本展など他分野との交流にも参加。日本児童文学者協会会員。仙台市在住。

**著書**

詩集「落日まで」（創童舎）、詩集「子どもの宇宙《コスモス》」（私家版）、詩集「あなたがいるから」（銀の鈴社）、詩集「なのに　そのとき」（銀の鈴社）、エッセー集「風と空と―わたしが子どもだったころ」（三陸河北新報社）、詩集「今私がふれているこの木のぬくもりは」（河北新報出版センター）、合唱曲集「女性合唱組曲〈伝言〉なかにしあかね作曲・北原悠子作詞」（カワイ出版）

〈画家紹介〉

**平垣内 清**（ひらかきうち きよし）

１９６４年広島県生まれ。東京芸術大学大学院美術研究科版画専攻修了後、助手を経て現在 宮城教育大学教育学部教授。現代日本美術展（佳作賞、兵庫県立近代美術館、下関市立美術館賞等受賞）、国展（前田賞、平塚運一賞受賞）、日本版画協会展、クラコウ国際版画トリエンナーレ、版画みやぎ、晩翠画廊個展など東京と仙台を中心にグループ展、個展で活躍。作品は銅版画、リトグラフ、デジタルプリントなど多彩である。
現在 国画会会員、日本版画協会会員、版画学会（運営委員）。仙台市在住。

**作品収蔵**（パブリックコレクション）
町田国際版画美術館、兵庫県立近代美術館、下関市立美術館、東京芸術大学美術館、東京国立近代美術館、パリ国立図書館、大英博物館

北原悠子詩集　めぐるものたちに

2024年6月1日　　第一版第一刷発行

著　者　　北原 悠子
　絵　　　平垣内 清
装　丁　　荒木 俊行編集事務所
組　版　　廣田 稔明
発行者　　入江 隆司
発行所　　四季の森社
〒195-0073　東京都町田市薬師台 2-21-5
電話　042-810-3868　FAX 042-810-3868
E-mail: sikinomorisya@gmail.com
印刷所　　モリモト印刷株式会社


ISBN978-4-905036-38-8　C0092